句集

# 楡の花

山本楡美子

砂子屋書房

＊目次

装本・倉本　修

山本楡子句集

# 楡の花

## 楡の花

楡はニレ科ニレ属の落葉高木の総称だが、一般にはハルニレを指す。北国の山地に自生し、公園樹、街路樹として植栽されることも多い。幹は直立し、樹高三十メートル以上に達する。樹皮は暗褐色で縦に不規則な裂け目がある。葉は倒卵状の楕円形、基部は不揃いの楔形で先端が尖っている。四、五月ごろ、葉の開く前に前年枝の葉腋に黄色味を帯びた緑色の小さな花をつける。翼果は黄緑色で長さ約一センチの倒卵形。六月ごろ、翼果の上部に長さ五、六ミリの種子が熟す。ケヤキ、エノキ、ムクノキなどもニレ科の仲間。武蔵野にはニレ科の樹林が多い。

# Ⅰ　自選句集

草の弧の精霊バッタ寡黙なり

さくら草セロファン紙ごと暮れにけり

夜ざくらへ行く人声の中にをり

花のなか移動図書館去り行けり

花吹雪一日の奥へ案内する

深川の鉄工所の恋夕焼ける

明け易し耳囀りに従ひぬ

牡丹雪餅膨らむまで四股を踏む

冬野にて養蜂家らの影絵ゆく

駄菓子屋に春の手伸びる瓶ゼリー

運針の母春雨を聞きとめり

浅き春仁王の赤膚剝落す

一条の斜光にさわぐ冬の塵

冬けもの引出しの中の呼吸かな

鍋の蓋取るや含羞幼なけれ

藤色の夕べに来たり金魚売り
胡桃焼く汝が耳殻は赫々と
花むしろ小脇に抱へる子沢山

蛍狩り指間より洩る子供時分

寒すずめ朝野の一枚めくり行く

裁ちばさみ小春の布を滑り行く

琵琶の花うつむくアイロン捗りぬ

冬到来手品師卵を頬張りぬ

袋小路キャッチボールの音涼し

うつむける青年に添ひし雪うさぎ

一心に雪掻きする音近づきぬ

夏つばめ町の帆柱傾きぬ

盆踊りひと巡りごとの父娘かな

糸瓜棚ガラス戸越に子規のゐる

花守は一期一会に老いにけり

一点鐘海辺の家は琵琶食めり

亡き犬にスリッパ取られ春はだし

友とゐて今を生きよと春の声

一角獣薄氷踏みて投函す

雪の日は雪に見られて過ごしけり

花吹雪校内放送とぎれとぎれ

旧友の暇の気持ちコート抱く

そら豆や芯まで翡翠江戸切子

原爆忌兄の年齢越えにけり

二階家の影大きくて良夜かな

ちちろ虫不意に鳴きやむ時分どき

木犀は秋への扉庭つづき

惑星を見つけたる記事冬支度

はにかみて合格告ぐる春隣

セーターの首の穴通る朝まぶし

庭に下りまた下りるたび蜂羽音

麗日やモノレールは硬くゆく

春泥や古紙山なりに強張りぬ

被災地の母カーネーションを出荷せり

土筆摘む小熊の手に手を添へる

鉛筆の削りくづより秋ひかる

廊下拭く子の足裏の残暑かな

初時雨軒深き家の引き戸音

寺町や案山子祭りに力こぶ

朝寒や古包丁を研ぐひかり

暮早し大根白く先を行く

焼き芋を買ふ列にゐる縫ひぐるみ

鎌倉の雛の窓より海の揺れ
筍の毛皮に潜む山の冷え
縁ありて飛蝗を肩に夕餉なり

みかん山幼馴染みの嫁ぎ先

なななかまど指ピストルは命中す

雪融けの音一にして多なり

夏つばめ暮しの駅は湿りけり

青年の靴新しき桜鯛

荒びたり自動販売機春の風

葱折れて兵どもは匍匐せり
年の瀬にすれ違う香や命ゆく
杜鵑の声を捕らへて足早め

直線を重ねて畳む藍浴衣

目ぢからの昭和の子ども冬に会ふ

簡単服乳含む子含ませる母

小ぶりとて美しきかな鯵包丁

さらさら波七夕飾りの下校かな

と見かう見傘探す背に蟬しぐれ

蟬しぐれ仁王門前で降りる子ら

鰯雲分け入りて行く小さき父母

墓地沿ひに太子堂へ到る菫かな

海の出のわれら生き物青を踏む

蜜蜂が肩の高さに遍路行

幾重にも翼横たへ山眠る

葡萄棚半身翳る測量士

しまひ湯や豆まきの声にしひがし

冬の奥かくれんばうの背に触れる

それぞれの窓の暗がり月入れる

暗雲に金泥の銃丸なつは来ぬ

臍の緒の小箱は昏き夏座敷

白玉に意を決したり四人組

瓦解する音やはらかき花火かな

野遊びや帰りは小さく老いにけり

炉ふさぎにでんぐり返しをする心

吹流し山の駅舎を教へけり

# Ⅱ

# ハイハット句集

二〇〇四年

冬空にポプラオーボエを吹く日なり

図書館の席にぽつんと冬帽子

江ノ電と冬日の海に向ひたり

二〇〇五年

しんしんと雪に見られて過ごすなり

吹雪くたびいないいないばあする冬木かな

ヒヤシンス花綵解いて暮れにけり

あした来る燕の巣白き理髪店

雨脚はミシン目の如し音温む

春一番少年の機微知らされぬ

いづくより貝棲みに来て水温む

遠く近く蜘蛛の子揺れる孵化の春

遊星に生きよと春の詩人言へり

おぼろ月通せんぼするかに膨らみぬ
花の席空一面につづきけり
行く春や髪洗ふ母の胸知りぬ

麦の秋泣きゆく子供まぶしけれ

竹ばたけ小さき夏の手山車太鼓

地中より羽虫飛び立ち夏家族

沿線の紫陽花づくし軒低し

花嫁を抱きて夜空の螢かな

白き黴忘却といふ名の砂漠かな

夏布団昨日の蜂の訪ね来る

夏小草名を言ひあひて図鑑重し

橡の花自転車に挿し驟雨なか

風鈴に金平糖吊す阿蘭陀屋
コオロギの草むらのミサ厳かに
百円本萩の木漏れ日栞にす

田毎の月鹿ぴょんぴょんと跳び行かむ

渋滞の車列に秋は追ひつけり

月光の動物園で背伸びする

栗名月人待ち顔のカフェの椅子

花束と犬と唐黍参らせり

柿紅葉鞦韆を漕ぐ裸足かな

一筋の冬追ひてスケート肩組みぬ

酉の市産湯やはらかき声流る

月凍てて腐葉土の山熱放つ

冬遠出手品師玉子を頬張りぬ

初氷みみづくさ挟みて澄みにけり

二〇〇六年

名残雪橋渡りゆく力士かな

梅の香をまとひて眠りぬ母子犬

砂糖壺しろじろ浮かぶ遅日かな

雛過ぎて雛らの会話を仕舞ひけり

草千里かの揚雲雀名乗り出ず

おぼろ月靴下の穴隠したし

春の雲消え行きながら生まれながら

深呼吸胸痛いほど麦の秋

蟻の列先頭はすでに夏に入る

ビアガーデンビルの密林月の船

愛情は色ごとに分かれ夏仔かな

噴水や午後より風と相撲せり

銃声や宙にとまりぬ夏ボール

振舞ひ水白き茶碗を伏す人よ

流れ星燃え尽きるまでの軌道かな

朝霧や山荘灯り声長し

初あらし沼の魚沈み水匂ふ

ハンガーや秋の一日裸形なる

空港の旅愁に充ちて秋シネマ
山谷の眠りし後も木の葉舞ふ
かなしめば凍て星乳を流しゐる

冬至より別れし蝶のゆくへかな

二〇〇七年

冬の鳩みどり児と母の息白し

草の傷春水ゆるく流れ初む

筍のほのかな明かり刻みたり

ある日より古茶を匿まふ古水屋

かたつむり遠路入り日に向ひたり

噴水や止まつて見せる高さあり

通り過ぐ子供時分の草いきれ

掬《むす》びてはしばし親しき岩清水

鹿の尿《いばり》緑色なり夏だより

八月の形見のごとき入り日ゆく

柱時計止まりて動く原爆忌

背泳ぎのこの一点の地球かな

横抱きのマネキン秋を一瞥す

試験管我が傷沈む白き秋

聚落や虜囚となりぬ芋の露

眼鏡越し隣家の柚子の行きどころ

二〇〇八年

氷壁や神の留守する高さまで

北半球細き流れに石蕗の花

呪文解け手足の長き春立ちぬ

薄雪や岸辺の葦はありのまま

どの雲も戯画に見えたり春だんだん

隣家まで海ひたひたと若布かな

花一樹弦を爪弾く楽士ゐて
花散るや雨のしづくに愁ひなし
杜若なべてに神の手わざ見ゆ

雨の海クラゲ行き砂漠ラクダ行き
キャベツの葉くるり捲《めく》れて露の家
荒くれの声遠く行く夏夜かな

草市を吹き抜けて風玻璃となる

隣家にはレースの揺れて魂祭り

岩鼻の不動を慕ふ泳ぎ月

水澄みて君は船に我は岸を行く

火祭りに頬火照らせて石地蔵

毬栗を兄と思ふや葱坊主

カップ持つ小指反らせり胡蝶蘭

神の旅星ひとつずつ消えにけり

冬の月かたちなきもの多きとき

骸骨の笛にて舞ひぬ枯松葉

二三本の葱を切る音途絶えけり

二〇〇九年

元旦やひとまず洗濯日和なり

七草や黒板に名を並べ書く

冬の旅ちひさき風の皺となる

梅が枝の隠し絵さらに墨の濃き

道草や雪どけ音に湿り初む

摘み草や新地蔵さまの運ばれり

雨しづく木の芽を包むゼリーかな

ひこばえや数多の言の葉生むところ

たけのこの皮けものめき丸まりぬ

青あらし林の口に自転車あり

篝火や鵜匠の闇を巨きくす

緑雨なか憂ひ忿怒の阿修羅まで

柿の葉に鮓のあしらひ明日香びと

夕虹を短き電話で教へられ

掌に花茗荷載せて小さき使者

岬まであとさきになり魂送り

月見豆どこかで階段降りる音

草千里三代の馬の肥ゆるとき

露座仏や沖に遊べる秋くぢら

草の実をふふみて鳥の記憶かな

松手入れ雲かはりがはりに見舞ひ来る

雁が音は雲に吸はれし無縁坂

紅葉狩り代はりばんこに赤子抱く

エコバッグの釘打ち直す歳の暮

# Ⅲ 病中吟

二〇二一年秋

病院前の屋根付きバス停秋桜
秋桜逢瀬の記憶風に乗り
勝ち力士秋刀魚の袋重たげに

黒焦げは秋刀魚の覚悟皿白し

初雪の富士を望んで富士となる

病める日は幾度も見たし秋の富士

彼岸花バス停ごとに一直線

手術前名月誘つてカフェへ行く

三分粥に塗り箸を置く秋の空

鼻先を駆け抜けていく出前蕎麦

隣町へ狐嫁入る落ち葉かな

芋煮だよ蓋持ち上げる配膳車

ポケットのドングリに触れて富士の山

秋夕焼け移動売店賑はひぬ

博物館でドングリ拾ふ小さき指

大学教授の娘からのメールに

秋日和対面授業の顔顔顔

重湯食が五分粥になるころ秋まつり

日没後の月の出信じる点滴暮らし

たけなはの秋の日没わが埴生

いが踏んで遊びごころや朝の森

ベランダの朝顔の写真メールを送られて

朝顔やラッパの兵隊整列す

遠く聞く朝顔小路に水の音

夕焼けや家族の名前を書いてみる

# 跋

郷原　宏

詩人山本楡美子が俳句に手を初めたのは、二〇〇四年に詩誌『長帽子』の同人が望月昶孝（俳号は暢孝）を勧進元にネット句会「ハイハット」を興行しはじめてからのことである。それまでの山本は、俳句は読むだけで作ったことはなかったが、にわか仕込みの猛勉強の結果、彼女（俳号は楡）の句は互選制のハイハット句会でときどき高点を取るようになった。句会は五年ほどで終了したが、俳人楡はその後もひとりで作句をつづけていたらしく、小ぶりの手帖三冊分の句稿が残されていた。

山本は二〇二〇年の夏に大腸がんを発症し、三鷹市の杏林大学附属病院で二度手術を受けた。入院中は新型コロナのために面会が制限されていたので、私たちは携帯メールで連絡を取り合っていた。そのメールで、彼女はしばしば自作の俳句を送ってきた。

二〇二二年の初めから在宅看護と訪問診療を受けるようになると、山本は「小さな句集を作って、お別れの挨拶代わりに、お世話になったみなさんに配りたい」と旧稿の整理を始めた。しかし、天命は彼女に必要な時間を与えなかった。七十九歳の誕生日を翌日にひかえた二月十二日の早朝、彼女は家族に見守られて静かに永眠した。そのため私が亡妻の遺書配達人の役目を引き受けることになった。

　山本のパソコンには、彼女が自選したと思われる九十数句がまとめて保存されていた。本書では、それをそのまま第一部「自選句集」として収録した。第二部には「ハイハット句会」で二点以上を取った入選句のうちから自選句集に洩れたものを採録した。第三部「病中吟」は彼女の病床日記にしるされていた句稿の中から私が選んだ遺稿句集である。

　法名釋《しやく》尼《に》清静《しようじよう》、俗名郷原静江の小さな墓石には「風」の一字が刻まれている。その風はいま、「お世話になりました」と呟きながら、あ

なたのお住まいの上空を吹いているはずである。みなさん、ほんとうに
ありがとうございました。

二〇二二年五月

# 山本楡美子略年譜

一九四三年二月十三日、東京・本所で生まれ浅草で育つ。六人兄妹の第五子で三女。生家は洋服商。台東区立小学校、共立女子中学・高校をへて六一年に早稲田大学文学部ドイツ文学科に入学。学内同人誌『廃墟』『黙示』に属して短篇小説を発表する。

一九六五年、大学卒業と同時に同人誌仲間だった郷原宏と結婚。所沢、川崎、横浜、杉並、武蔵野に移り住む。七〇年代初めに武田隆子主宰の詩誌『幻視者』に参加、編集を任される。七三年、詩誌『長帽子』同人。七五年、長女佳以を出産。二〇〇六年、個人誌『ぶりぜ』を創刊。二〇〇八年、『幻竜』同人。二〇一〇年、詩集『森へ行く道』で小野市詩歌文学賞を受賞。二〇二二年二月十二日没。享年七十八。

【詩集】

『哀しみの市』（幻視者、一九七三）

『遠い雨』（幻視者、一九八〇）

『耳さがし』（花神社、一九八三）

『うたつぐみ』（書肆山田、二〇〇〇）

『森へ行く道』（書肆山田、二〇〇九）

『草に坐る』（土曜美術社出版販売、二〇一四）

【訳書】

フレデリック・ポール『チェルノブイリ』（講談社文庫、一九八九）

デニーズ・レヴァトフ詩集『ヤコブの梯子』（ふらんす堂、一九九六）

他にヨシフ・ブロツキーの訳詩多数を『長帽子』『ぶりぜ』に発表

【郷原宏との共訳】

アンドルー・コバーン『ベビーシッター』（角川文庫、一九八七）

イブ・メルキオー『最終兵器V－3を追え』（角川文庫、一九八八）

ルース・レンデル『緑の檻』（角川文庫、一九八八）

ポール・オースター『シティ・オブ・グラス』（角川書店、一九八九）（角川文庫、一九九三）

デイヴ・ペノー『全署緊急手配』（ハヤカワ・ミステリ文庫、一九九〇）
デイヴ・ペノー『到着時死亡』（ハヤカワ・ミステリ文庫、一九九一）
デイヴ・ペノー『広域捜索指令』（ハヤカワ・ミステリ文庫、一九九二）
デイヴ・ペノー『誘拐犯包囲網』（ハヤカワ・ミステリ文庫、一九九二）
デイヴ・ペノー『不法家宅侵入』（ハヤカワ・ミステリ文庫、一九九三）
ディック・クラスター『差出人戻し』（光文社文庫、一九九三）
カール・ハイアセン『珍獣遊園地』（角川文庫、一九九四）

【郷原宏との共著】
『ギムレットには早すぎる　レイモンド・チャンドラー名言集』（三修社アリアドネ企画、一九九七）

句集　楡の花

二〇二二年七月一二日初版発行

著　者　山本楡美子
著作権継承者　郷原　宏
武蔵野市西久保三―一二―六（〒一八〇―〇〇一三）

発行者　田村雅之

発行所　砂子屋書房
東京都千代田区内神田三―四―七（〒一〇一―〇〇四七）
電話　〇三―三二五六―四七〇八　振替　〇〇一三〇―二―九七六三一
URL http://www.sunagoya.com

組　版　はあどわあく

印　刷　長野印刷商工株式会社

製　本　渋谷文泉閣